Über den Autor:

Sandro Hübner, geboren am 07. August 1991 in Görlitz. Besuchte erfolgreich die Schule und widmete sich mit 10 Jahren Kurzgeschichten, Gedichten und Vorträgen die sehr umfangreich verfasst waren. Als er 17 Jahre alt war und sich als Hobbyschriftsteller die Zeit, für seinen Ersten Roman: „SAD SONG" - Trauriges Lied - nahm, machte es ihn sehr großen Spaß das Schreiben. Sandro Hübner lebt mit seinem Partner in Berlin und arbeitet bereits an seinem nächsten Roman.

Danksagung

Ich bedanke mich bei meinen Freunden, die mir treu an meiner Seite stehen und vor allem meinem Partner. Für sehr viele Anregungen und Unterstützungen bedanke ich mich bei allen, ganz besonders meiner Mutter.

Es sind weitere Bücher in Vorbereitung, und ich würde mich auf zahlreiche freundliche Zuschriften per E-Mail: S.Huebner1991@gmx.de von Ihnen freuen.

Berlin, im Dezember 2008

Bibliografische Information der Deutschen Nationalbibliothek:
Die Deutsche Nationalbibliothek verzeichnet diese Publikation in der
Deutschen Nationalbibliografie; detaillierte bibliografische Daten sind
im Internet über http://dnb.dnb.de abrufbar.

TWENTYSIX – Der Self-Publishing-Verlag
Eine Kooperation zwischen der Verlagsgruppe Random House und
BoD – Books on Demand.

Herstellung und Verlag:
BoD – Books on Demand, Norderstedt

ISBN: 978-3-7407-3007-9

SANDRO HÜBNER

SAD SONG
- Trauriges Lied -

Kriminalroman

1. Kapitel

Blaine hatte sich in Schale geschmissen: Zum terrakotta-braunen Anzug mit purpurroten Ziertuch trug er ein Limonen grünes Hemd. Seine schwarzen Schnürschuhe glänzten, er war glatt rasiert, die Haare waren gekämmt und er wirkte adrett, sauber und frisch herausgeputzt. Er hatte ein Rendezvous mit dem Geldadel, mit mindestens einer Million irischen Pfund.

Mit mehr als einer Million Pfund, um der Wahrheit die Ehre zu geben: James J. Carey seines Zeichens stinkreicher Bauunternehmer aus Westirland, hatte einst klein angefangen - mit einem Schubkarren, zu dem sich bald ein zweiter Schubkarren gesellte. Dann kam ein Lastwagen, der bei Regenwetter nicht anspringen wollte. In den sechziger Jahren war Carey nach London gezogen und hatte sich mit McMullen, einem Typen aus Mayo, zusammengetan. Sie asphaltierten Einfahrten, bauten Schuppen und sparten, wo sie nur konnten. Das Geschäft florierte und warf Profit ab. Dann stürzte McMullen eines Tages (mit fremder Hilfe?) in einen übergroßen Zementmischer und fand seine letzte Ruhe am Earl's Court in einer Fußgängerbrücke.

Carey heiratete McMullens Witwe und führte die Geschäfte fortan allein. Die liefe so gut, dass er die Firmenzentrale in den neunziger Jahren wieder nach Dublin verlegen konnte. Heute war Carey einer der reichsten Männer von ganz Irland. Wen er rief, der kam in einem fliegenden Galopp herbei geeilt.

So auch Blaine. Als Privatdetektiv noch neu im Geschäft, brauchte er Aufträge. Sein alter Job bei einer Versicherung hatte ihn entsetzlich angeödet. Und seiner Karriere im Wexford Hurling Team war auch nicht gerade von Erfolg gekrönt gewesen. Drei Endspiele um die irische Meisterschaft und alle drei verloren. Überdies hatte ihn seine Frau Annie wegen eines Bodybuilders namens Harold verlassen. Man konnte zu Recht behaupten, dass Blaine niedergeschlagen war. Aber nach Careys Anruf sah er endlich Licht am Ende des Tunnels.

Es war ein zauberhafter Junitag, als Blaine zügig den Kai entlangging. Vom Liffey kam ekelhafter Gestank. Das Carey-Building erinnerte an einen überdimensionalen Pilz. Zwölf Stunden bis zum Porta. Der Türsteher hatte einen eisenharten Pokerblick und die Empfangsdame – mit ihren langen Fingernägeln konnte sie Brot schneiden – sah aus wie hochglanzpoliert. Blaine flüsterte beinahe.

„Mr. Carey erwartet Sie?" Sie schien ihm nicht recht zu glauben.

„Um sechzehn Minuten nach. Ich sollte pünktlich sein."

Die Empfangsdame drückte auf einen Knopf und nach einer Minute erschien gewissermaßen ihr Zwilling, eine zweite Lady. „Folgen Sie mir", sagte sie und führte Blaine die Treppe hinauf und einen

Korridor entlang, bis zu einer imposanten zweiflügeligen Tür.

Sie stieß einen Flügel auf und bedeutete ihm hineinzugehen. Mit leisem Zischen ging die Tür wieder zu – sollte die Lady den Schlüssel umdrehen, würde Blaine nur mit Hilfe eines Vorschlaghammers wieder rauskommen.

2. Kapitel

Der Raum war groß wie ein Hubschrauberlandeplatz. Der Schreibtisch, hinter dem Carey saß, maß einen halben Hektar. Der Mann hatte Haare wie Stahlwolle. Frostige Augen im braun gebrannten Gesicht. Kleiner, verkniffener Entenarsch-Mund. Raucherstimme. „Sie sind Blaine?"

„Als ich zuletzt in den Spiegel guckte, war ich's noch."

Carey runzelte die Stirn. „Lassen Sie die Witze. Ich will, das Sie meine Tochter Sam suchen und nach Hause bringen."

„Sam?"

„Ihre Mutter hat sie Assumpta genannt, aber sie hasst den Namen. Also sagt jeder Sam zu ihr."

„Johnny Cash hat einen Song geschrieben über einen Jungen, der Sue heißt."

„Was soll das?"

„Ich mache nur Konversation."

„Dazu habe ich Sie nicht bestellt. Wie schnell können Sie sie ranschaffen?"

„Kommt drauf an, wo sie ist."

„Zuletzt hat sie in einem besetzten Haus gewohnt, zusammen mit anderen Aussteigern. Hier ist ein Foto."

Carey ließ die Aufnahme über den Schreibtisch segeln und Blaine griff zu, bevor sie auf dem Fußboden landete. Das Farbfoto zeigte ein offenes, fröhliches Mädchengesicht. Siebzehn, Achtzehn, Neunzehn, vielleicht auch Anfang zwanzig. Genaueres konnte man nicht schätzen.

„Vielleicht sollte ich mit ihrer Mutter sprechen."

„Ihre Mutter ist . . ."

„. . . verstorben?" Ob Blaine sich bekreuzigen sollte?

„O Nein, nur an andere Ende von Dublin gezogen. Sie hat sich vor ein paar Jahren von mir scheiden lassen."

„Ach so."

„Hinten auf dem Foto steht die Adresse, wo sie 'ne Weile gewohnt hat. Irgendwo in Cabra."

„Die Mutter?"

„Nein, die Tochter."

„Warum holen Sie sie nicht selbst nach Hause?"

„Ich habe zu viel Arbeit. Deshalb heuer ich Typen wie Sie an."

„Ich kriege zweihundertfünfzig pro Tag. Plus Zinsen."

„Wenden Sie sich am Empfang an Sylvia. Sie wird Ihnen einen Scheck ausstellen. Fünf Tage sollten eigentlich reichen für diesen simplen Job."

„Was ist, wenn Sam nicht zurückkommen will?"

„Dann überzeugen Sie sie. Notfalls müssen Sie sie fesseln und herschleppen. Eine Tochter gehört an die Seite ihres Vaters – und nicht zu irgendwelchen Straßenpennern."

Carey drückte auf einen Knopf. Sein Büro war wie geschaffen zum Knöpfe drücken. Die Lady erschien, um Blaine hinauszugeleiten. Wortlos segelte sie vor ihm her, während sein Blick bewundernd an ihren wogenden Hüften hing. Ihr Hinterteil war wirklich der genauen Betrachtung würdig.

3. Kapitel

Blaine stieg in seinen betagten Renault-Diesel, der wie ein Panzer röhrte. Er fuhr nach Cabra und hielt Ausschau nach der Feltrim Road Nummer 13. Ein Mädchen mit orange-roten Haaren und schwarzen Vampiraugen zeigte ihm, wo es langging, was sich allerdings als falsch erwies.

Neustart. Nun fragte Blaine einen alten Mann, der ein Fahrrad schob und bekam die richtige Auskunft. Auf beiden Seiten der Straße standen saubere Häuser mit briefmarkengroßen Rasenflächen. Das Haus Nummer 13 wirkte ungepflegt; es fiel auf wie ein verfärbter Zahn in einem schneeweißen Gebiss.

Blaine schloss den Wagen ab, zog die rostige Gartenpforte auf, ging zur Haustür vor und klopfte. Nach einer Weile öffnete sich die Tür einen Spalt breit und ein Auge schaute ihn an. Ein Auge wie ein blutroter Sonnenuntergang.

„Wohnt hier vielleicht eine Sam Carey, auch unter dem Namen Assumpta bekannt?", fragte Blaine zögernd.

Die Tür wurde weiter geöffnet und zum Vorschein kam ein dünner, junger Mann mit gelben Haaren und einem riesigen Ring im rechten Ohr. Er trug eine Weste und dreckige Jeans und sah ihn höhnisch an.

„Ja." Es klang als müsste er irgendetwas dringend ausspucken. Blaine seufzte, sprach lautlos ein

Gebet und trat in den Flur. Der junge Mann trat sehr überraschend einen Schritt zurück. So als ob er Angst hatte, was falsches zutun gegenüber Blaine.

„Ich suche ein Mädchen namens Sam Carey", erklärte Blaine geduldig. „Mir wurde gesagt, dass sie hier wohnt. Falls sie sich in diesen Mauern aufhält, würde ich gerne mit ihr sprechen. Falls sie umgezogen ist, wäre ich sehr dankbar, wenn Sie mir ihre neue Adresse sagen würden."

„Ist umgezogen", sagte der Gelbschopf. „Was wollen Sie von ihr?"

„Sie hat ein Los gekauft und 'ne Barbiepuppe gewonnen. Ich soll sie überreichen."

„Und wo ist die?"

„Noch im Auto, sie hat nämlich nichts an."

„Ja." Diesmal spuckte der Gelbschopf haarscharf neben Blaines Schuh.

Blaine verlor die Geduld. Er hackte den rechten Zeigefinger durch Gelbschopfs Ohrring und packte ihn mit der linken Hand am Hals. Zog am Ohrring und sagte: „Sag mir einfach, wo das Mädchen momentan wohnt und du wirst auch in Zukunft zwei heile Ohren besitzen."

Der Typ schnappte verzweifelt nach Luft - Mund auf, Mund zu - wie ein Fisch an Land. Die Augen quollen ihm aus dem Kopf, als Blaine den Druck auf den Ohrring verstärkte. „Sie renoviert ein altes Lagerhaus in Ringsend", schnaufte er. „Sie und ein Haufen anderer Studenten."

„Na also, war doch gar nicht so schlimm, oder was?" Blaine gab Gelbschopfs Hals frei und zupfte nochmal zum Abschied am Ohrring. Es diente als ein Denkzettel, an das was vielleicht noch bevorstand.

„Hey, was soll das?" protestierte er.

„Schmerz stärkt die Seele", klärte Blaine ihn auf. „Vielleicht bist du das nächste Mal höflicher."

„Es gibt kein nächstes Mal. Ich ziehe hier aus."

„Ich auch." Blaine marschierte zur Pforte, stieg ins Auto und fuhr los.

4. Kapitel

Die Sonne stand im Zenit, als Blaine am Kai entlang in Richtung Ringsend tuckerte. Der 16. Juni. Just ein Tag, an dem im Jahr 1904 ein Jude mit dem Namen Bloom in Dublin herumspazierte und berühmt wurde. Bloom sah er nicht, aber einen knallroten Minibus, der ihm schon seit Cabra zu folgen schien. Aber wer weiß, vielleicht bildete er sich das nur ein.

Er inspizierte mehrere leere Lagerhäuser, bevor er auf das richtige stieß. Es war ein frei stehendes Gebäude direkt am Kai. Ein falscher Schritt zur Hintertür hinaus und du schwimmst in der Dublin Bay.

Ein Gerüst verdeckte die Fassade, die ein Kerl und ein Mädchen gerade schwarz anpinselten. Blaine parkte und trat unter das Gerüst.

Ein Schild neben der Tür informierte ihn, dass aus dem Lagerhaus ein Zentrum für Flüchtlinge werden sollte.

Der Innenraum war gigantisch und erzeugte ein Echo. Eine Abba-Kassette dröhnte. Die Mädels sangen: „Money, Money, Money, in a rich man's world". Diverse junge Menschen waren mit unterschiedlichsten Dingen beschäftigt: Anstreichen, hämmern, Löcher in die Wand bohren. Der ganze Krach machte Blaine taub.

Er ging wieder nach draußen und rauchte, an die Seitenwand des gelehnt, eine Zigarette. Der Fluss strömte satt und glatt dahin. Ein Schlepper tutete. Der Himmel war blassblau, mit einem kaum wahrnehmbaren weißen Schleier. Blaine rauchte eine Weile und schaute dann den Kai hinunter. Der rote Minibus parkte ein Stück weit weg. Die Sonne spiegelte sich in der Windschutzscheibe, aber Blaine war sich ziemlich sicher, dass zwei Leute darin saßen.

Er warf den Zigarettenstummel weg und ging ins Lagerhaus zurück. Die Musik war verstummt und die jungen Leute machten Pause. Blaine trat zu einer Gruppe. Das gesuchte Mädchen war nicht dabei. Man betrachtete ihn neugierig.

„Sam Carey?" fragte er.

„Wer will das wissen?"

Blaine betrachtete den bebrillten, rundlichen jungen Mann, der ihm geantwortet hatte.

„Ich bin ein Freund der Familie. Wollte nur mal vorbeischauen."

„Soweit ich weiß, hat Sam von ihrer Familie die Nase voll."

„Aber sie hat doch einen Lieblingsonkel?"

„Und der sind Sie?"

„Schon gut möglich."

Der junge Mann schaute das Mädchen neben sich an. Sie zuckte die Achseln: „Sam ist im Büro. Die Treppe rauf, dann die Tür, die Sie vor sich sehen."

Blaine nickte ein Dankeschön. Einige Stufen waren lose und knarrten unter seinem Gewicht. Er schritt über einen kurzen Flur und klopfte. Eine

Stimme sagte von drin: „Tür ist offen, kommen Sie herein."

Drinnen befanden sich zwei Leute. Eine junge Frau und ein junger Mann. Blaine erkannte Sam Carey auch ohne Foto. Sie trug ein leuchtend orangefarbenes Stirnband, ein gestreiftes T-Shirt und einen farbverschmierten Overall. Sie schaute auf und lächelte ihn an; sie hatte blaue Augen und auffallend weiße Zähne. Der Typ war groß und kräftig, mit deutlich ausgebildeten Muskeln unter dem Rippenshirt; seine abgeschnittene Jeans gab den Blick frei auf muskulöse Waden. Sein Gesichtsausdruck signalisierte, dass Blaine sich besser in Acht nehmen sollte, wollte er nicht Hals über Kopf die Treppe hinunterbefördert werden.

5. Kapitel

Sam Careys Lächeln verflog: „Was wollen Sie?"

Blaine lehnte sich an den Türrahmen und versuchte, nett und harmlos zu schauen. „Ich heiße John Blaine. Ihr Vater hat mich engagiert, Sie aufzuspüren und Sie höflich zu bitten, nach Hause zu kommen."

„Und wenn Sam nein sagt - was ist dann mit höflich?", fragte der muskulöse Typ.

„Lass gut sein, Artie", mischte sich das Mädchen ein. „Wir sollten taktisch vorgehen." Die beiden hatten sich offenbar mit Grundrissplänen beschäftigt, die auf dem Tisch ausgebreitet waren. Sam ließ sich auf einen Stuhl fallen und wies auf dessen Pendant: „Setzen Sie sich. Ich muss Ihnen was erklären."

„Erklär bloß nichts", Artie spannte seinen Bizeps an.

„Warum kann ich den Macker nicht rausschmeißen?"

„Weil das gar nichts bringt. Entweder kommt er wieder oder aber jemand anderes." Das Mädchen drückte sanft Arties Arm. „Vielleicht besorgst du dir mal einen Kaffee? Ich regle das hier."

Artie setzte eine grimmige Miene auf, trollte sich aber brav, nicht ohne Blaine im Vorbeigehen einen kräftigen Schubs mit der Hüfte zu versetzen. Doch Blaines 95 Kilogramm Muskeln samt – minimalem –

Fett bewegten sich keinen einzigen Millimeter und Artie riss wütend und frustrierend fast die Tür aus den Angeln.

„Was dagegen, wenn ich rauche?" Blaine setzte sich auf den angebotenen Stuhl.

„Ich rauche eine mit." Sam zog aus einer Schachtel eine lange schmale russische Zigarette und ließ sich von Blaine Feuer geben. Sie pusteten sich den Rauch förmlich ins Gesicht und das Mädchen sagte: „Ich hab Sie noch nie gesehen. Sie müssen neu sein."

„Ist das so eine Angewohnheit von Ihrem Vater - Sie von irgendwelchen Leuten abholen zu lassen?"

Sie nickte und klaubte einen Tabakkrümel von der Unterlippe. Hübscher Mund, zum Lächeln direkt geschaffen. Und eine gute Figur. Seit Annie ihn verlassen hatte, waren Blaines Kontakte mit dem schönen Geschlecht eher sporadisch gewesen. Sam Carey war ein bisschen zu jung für ihn, aber Hinschauen konnte nicht schaden.

Sie tat noch einen Zug und drückte die Zigarette in einer großen Muschel, die als Aschenbecher diente aus. „Mein Vater hat etliche Typen angeheuert. Manche von denen sind tough. Sind Sie tough?"

„Nein." Blaine grinste. „Ich bin so harmlos wie ein Kuscheltier."

„Sie sehen aber gar nicht harmlos aus. Woher haben Sie die Narbe über dem Auge?"

„Eine alte Verletzung vom Hurling. Ich hab noch mehr davon, aber wenn Sie die sehen wollen, muss ich mich ausziehen. Aber das möchten Sie nicht jetzt hier nicht sehen."

„Vielleicht später. Wenn wir uns besser kennen."

„Sie geben uns eine Chance?"

„Seien Sie sich nicht zu sicher."

Blaine beugte sich vor und schnippte die Asche in die Muschel. „Erzählen Sie mal - warum Sie immer wieder von zu Hause abhauen. Schlägt Ihr Vater Sie?"

„Nein, aber er will mich zu etwas zwingen, was ich nicht will."

„Und das wäre?"

Bevor das Mädchen antworten konnte, ertönte vor der Tür gewaltiger Lärm, und Artie stürmte ins Zimmer, wobei er Blaine beinahe vom Stuhl stieß.

„Was ist los?", fragte Sam.

„Das Herzchen hier hat Besuch mitgebracht. Schlägertypen, von deinem Alten. Die wollen uns nicht beim Anstreichen helfen. Du musst hier raus."

6. Kapitel

Artie ging mit geballten Fäusten auf Blaine los, der aufsprang und zurückwich.

„Warte mal", sagte er schnell, „ich habe niemand- en mitgebracht, Artie, Ehrenwort. Die müssen mir gefolgt sein. Da war ein roter Minibus hinter mir."

„Roter Minibus, ha ha ha, du Arschloch. Ich mach Kleinholz aus dir."

Die Worte sind gewechselt, dachte Blaine und trat Artie schwungvoll zwischen die Beine. Volltreffer. Der Muskelmann krümmte sich, klappte zusammen und küsste die Dielen.

„Hätte ihn wohl warnen sollen, dass ich nicht fair kämpfe", brummelte Blaine. „Man soll stets die teuren Teile schützen."

„Das war wirklich nicht nötig." Sam beugte sich über Artie.

„Er wollte Kleinholz aus mir machen."

„Das hat er doch nicht so gemeint."

„Ich hab's geglaubt."

Blaine half Sam, den bewusstlosen Artie auf einen Stuhl zu hieven. Arties Gesicht hatte eine un- gesunde Farbe und man sah nur das Weiße seiner Augäpfel.

„In ein paar Minuten ist er wieder obenauf", mein- te Blaine. „Sobald sich die Atmung normalisiert."

„Hoffentlich haben Sie seine Heiratschancen nicht ruiniert."

„Wieso? Sind Sie mit ihm verlobt?"

„Nein wir sind gute Freunde."

Blaine lauschte auf den Krach aus dem Erdgeschoss.

„Ihre Kumpels bringen eine Spitzenleistung. Die sind es wohl schon gewöhnt, Ihre Ehre zu verteidigen."

„Sie tun alles, um mich zu schützen."

„Gibt es hier eigentlich eine Hintertür?"

„Ja, aber dann müssen Sie schwimmen."

„Zum Schwimmen ist es mir noch zu kalt."

„Tja, dann werden wir wohl rudern."

„Rudern?"

„Ich hab an der Hintertür ein Boot vertäut. Für alle Fälle. Aber warum erzähl ich Ihnen das bloß? Vielleicht gehören Sie zu den Typen da unten."

„Habe ich Ihnen nicht mein Ehrenwort gegeben? Ich steh zu meinem Wort."

„So wie bei James Bond?"

„Klar – Sie sehen doch, ich wanke vielleicht, aber weiche nicht."

„Okay, mir nach."

Sam schaute sich an der Tür noch einmal um. Artie bekam langsam Farbe und erwachte zum Leben.

„Glauben Sie, er wird wieder?"

„Klar. Vielleicht zwickt es ihn ein bisschen, wenn er Pinkeln muss, aber das vergeht."

„Na, dann nichts wie weg." Blaine folgte Sam und gab Artie noch eins aufs Ohr, als Ausgleich für den

Schmerz unterhalb der Gürtellinie. So langsam bemerkte Artie was um sich geschieht und war wieder kurz bewusstlos.

7. Kapitel

Eine Tür auf dem oberen Korridor führte zu einer eisernen Außentreppe. An ihrem Fuß befand sich ein kleiner Landungssteg aus Zement, an dem ein Ruderboot festgemacht war. Blaine setzte sich nach hinten, Sam ergriff die Riemen. Vom Rudern verstand sie was, denn das Boot sauste davon wie ein Greyhound auf der Rennbahn.

Sie ruderte auf die Bay hinaus und ließ schließlich die Riemen ruhen. Es war ein warmer Nachmittag und das Wasser still wie ein Teich. Am Kai auf der gegenüberliegenden Seite der Bay lag ein großer Tanker und ein Stück davor ein Kriegsschiff. Eine Schiffsglocke schlug an; die dunklen Töne wanderten über die Wasseroberfläche.

„Friedlich, nicht wahr?", sagte das Mädchen. „Ich rudere hier manchmal raus und sitze einfach da und schaue nur."

„Ich bin als Seemann eine Niete", entgegnete Blaine. „An der Universität hab ich im Sommer auf dem Postschiff zwischen Rosslare und Fishguard gejobbt. Ich musste Toast machen für die Passagiere. Ich war schon seekrank, wenn das Schiff noch im Hafen lag."

„Ich liebe das Meer. Mein Traum ist es, einmal um die Welt zu segeln."

„Und Ihr Vater will Sie daran hindern?"

„Schlimmer. Er will mich verheiraten."

„Väter sind so."

„Sie möchten, dass ihre Töchter zu Verstand kommen und selbst irgendwann einmal Töchter aufziehen."

„Sie klingen wie ein Vater."

„Bin ich aber nicht. Es gab gewisse Hoffnungen, aber dann hat mich meine Frau verlassen."

„Warum?"

„Warum sie mich verlassen hat? Wahrscheinlich hatte sie tausend Gründe."

„Haben Sie sich denn nicht geliebt?"

„Ja, schon, aber manchmal ist die Liebe nicht genug. Ich hab wohl zu viel verlangt. Sie brauchte Raum für sich. Raum zum Leben."

„So wie ich. Die Freiheit, alles auszuprobieren. Zuallererst die freie Liebe."

„Liebe ist nie frei. Man zahlt, wie für alles andere auch. Liebe ist wie ein Blues. Mehr Traurigkeit als Freude."

Sam schüttelte mit ernster Miene den Kopf.

„Ich sehe das anders. Man formt die Liebe nach der eigenen Vorstellung. Nicht nach der eines anderen."

„Womit wir wieder bei Ihrem Vater wären?"

Sam zog eine russische Zigarette aus der Tasche und bot Blaine eine an. Er nahm sie und gab Sam Feuer. Das Boot schwankte und er setzte sich rasch wieder hin.

„Ich erzähl Ihnen mal von meinem Vater." Sam schaute grimmig drein. „Vielleicht sind Sie dann

nicht mehr so scharf drauf, mich zu ihm zurück-
zubringen." Blaine verstand ihre ganze Logik und
Taktik.

8. Kapitel

Ich bin Einzelkind. Sam zog ruhig und genussvoll an ihrer Zigarette. „Als ich fünfzehn Jahre war, ging meine Mutter fort und ließ sich von meinem Vater scheiden. Das Sorgerecht bekam er, weil sie ein Alkoholproblem hat. Mein Vater hatte wenig Zeit für mich. Er ist noch vom alten Schlag; eine Frau sollte man sehen und nicht hören. Es gab Geliebte, jede Menge, Mädchen, die kaum älter waren als ich. Ich blieb mir mehr oder weniger selbst überlassen."

„ . . . und wurden auf ein teures Internat geschickt, stimmt's?"

„Genau. Ich bin eher scheu und war dort sehr einsam. Die Nonnen konnten das nicht ändern. Sie hatten keine Lebenserfahrung. Aber ich bin auch zäh und dickköpfig. Ich beschloss, mich durchzubeißen. Bis vor kurzem zeigte mir mein Vater keinerlei Interesse an mir. Dann deutete er plötzlich massiv an, ich solle „solide" werden und heiraten."

„Gab es einen Grund?"

„Natürlich. Ich wurde misstrauisch und hab ein bisschen herumgeschnüffelt. Er hat sich geschäftlich ein paar Mal verspekuliert. Hat Geld hingeblättert für Superaufträge, die ihm dann doch durch die Lappen gingen. Um den Konkurs zu vermeiden, blieb nur die Fusion mit einer anderen Firma. Stoneroad heißt die und gehört einem Mann namens Mulligan. Mulligan wiederum hat einen Schwachkopf von Sohn, der sich vorwiegend mit

Alkoholproblemen, Glücksspiel, Drogen und Prügeleien beschäftigt. Nach Mulligans Vorstellung soll Sohnemann brav werden und sich für den Betrieb interessieren. Der erste Schritt in diese Richtung wäre, ihn zu verheiraten."

„Aha. Mir geht ein Licht auf. Eine Verbindung zwischen Ihnen und dem Sohn würde Mulligan und Ihrem Vater bestens passen. Mulligan jr. bekommt eine nette solide Ehefrau und die Firmenfusion bringt Ihrem Vater in die schwarzen Zahlen."

„Richtig."

„Das ist ja eiskalt. So mit seiner einzigen Tochter umzugehen."

„Tja, womöglich ist Carey nicht mein Vater."

„Hä?"

„Meine Mutter war schon mal verheiratet, mit einem Mann, der McMullen hieß und bei einem Unfall ums Leben kam. Kurz darauf heiratete sie Carey. Aber es klappte nicht mit ihnen. Dann kam das Gerücht auf, sie hätte eine Affäre mit Careys Vorarbeiter George Emerson, der ebenfalls tödlich verunglückte. Ab und zu deutete meine Mutter an, dass Emerson mein Vater gewesen sein könnte. Aber sie hat mir nie die ganze Wahrheit erzählt."

Blaine schnippte den Zigarettenstummel ins Wasser und sah zu, wie er davontrieb. Er schaute wieder Sam an.

„Ich sehe, dass Ihr Leben nicht gerade unkompliziert ist", sagte er, „und ich wünschte, ich könnte Ihnen helfen. Aber ich habe Careys Geld angenommen. Was soll ich nur tun?", fragte Blaine mit großen Augen.

„Geben Sie es aus. Dann sagen Sie ihm, Sie hätten mich nicht gefunden."

„Die Typen, die mir gefolgt sind, werden im das Gegenteil berichten. Was meinen Sie, warum hat er sie auf mich angesetzt?"

„Weil er niemanden traut, nicht mal sich selbst. Ich wette, seine linke Hand weiß nicht, was die rechte tut."

„Gibt es einen Ort, an dem Sie sicher sind, solange ich nach einer Lösung suche?"

„Arties Wohnung."

„Artie wäre wohl kaum entzückt, mich zu sehen." Blaine schwieg. „Ich habe ein Haus in der Cabra Road. Da können Sie bleiben, während ich Carey aufsuche. Vielleicht kann ich ihm Vernunft beibringen."

„Da gibt's nur einen Weg: Ihm eins mit dem Stuhlbein über den Schädel ziehen."

„Na und?"

„Wäre ich in Ihrem Haus denn sicher?"

„Carey weiß nicht, wo ich wohne."

„Ich meine nicht, sicher vor ihm. Ich meine, sicher von Ihnen."

Blaine grinste. „Hab ich Ihren Kumpels nicht erzählt, dass ich ihr Lieblingsonkel bin? Was sicheres gibt's nicht."

9. Kapitel

Sie blieben noch eine Weile mitten auf der Bay, dann ruderte Sam denselben Weg zurück. Sie vertäuten das Ruderboot und gingen zurück zum Lagerhaus. Ein Minibus kam vorbei; er warf einst rot gewesen und schillerte jetzt in allen Regenbogenfarben.

„Offenbar haben Ihre Freunde die Schlacht gewonnen Sam. Ein veritables Kunstwerk."

Mit Blaines Renault fuhren sie zur Cabra Road. Das Haus war alt und heruntergekommen, der Garten die reinste Wildnis.

„Hier kann sich ja eine Schar Affen verstecken", meinte Sam und schob einen Zweig beiseite.

„Wenn Sie Glück haben, hüpft Tarzan durchs Geäst."

„Das würde mich nicht wundern."

Blaine schloss auf und musste kräftig drücken, um den Berg aus Post, hinter der Tür wegzuschieben.

„Ich dachte, Sie wohnen hier", sagte Sam.

„Gelegentlich. Die Briefe sind fast nur Rechnungen. Ich lasse dir liegen und hoffe, dass der Wind sie davonträgt."

Blaine führte Sam in die Küche. Ein echtes Schlachtfeld. Schmutziges Geschirr, wohin das Auge schaute. Zeitungen und Magazine in wirren Haufen. Und mitten auf dem Tisch die schimmeligen Überreste eines Fertiggerichts.

„Der Butler hat wohl frei", kommentierte Sam.

Sie öffnete die Kühlschranktür und schloss sie blitzschnell. „Da drinnen liegt was Totes. Muss schon letzte Woche verendet sein."

„Wenn ich gewusst hätte, dass Sie erscheinen, hätte ich ein bisschen aufgeräumt. Wenn man alleine lebt, wird man leicht schlampig."

„Sieht das übrige Haus genauso aus wie die Küche?"

„Prüfen Sie's nach und ich mach solange Tee."

„Ich trinke keinen Tee. Gibt's Cola?"

Blaine stöberte ein Budweiser und eine Pepsi auf. Sie setzten sich mit den Getränken ins Wohnzimmer. Der Kamin hatte einen wunderschönen Eichensims, aber der Teppich sah angefressen aus.

„Der Sessel stinkt nach Hund." Sam rümpfte die Nase.

„Meine Frau Annie hat einen Pudel. Er heißt Claude und hasst mich genauso wie ich ihn."

„Hat sie Sie deswegen verlassen?"

„Unter anderem. Außerdem meinte sie, ich sollte mir einen anständigen Job suchen. Mit einem festen Gehalt."

„Was für einen Job haben Sie denn?"

„Habe ich nichts erzählt? Ich bin Privatdetektiv."

Sam kicherte ins Glas. „Ist das ein Cousin vom Spanner?"

„Sehr witzig. Meine korrekte Berufsbezeichnung ist Privatdetektiv. Doch meistens spüre ich Leute auf."

„So wie mich."

„Das war nicht weiter schwierig gewesen."

Sam trank aus und trat zum Fenster.

„Ich werde nicht lange bleiben. Blaine. Wenn Sie mit Carey reden wollen, sollten Sie sich auf den Weg machen. Ich glaube nicht, dass es was bringt, aber es ist nett, dass Sie es versuchen wollen."

„Ich nehme sicherheitshalber ein Stuhlbein mit, als ultimatives Argument."

10. Kapitel

Blaine wollte gerade in seinen Wagen steigen, als ein betagtes Automobil vor der Einfahrt anhielt und ihm den Weg versperrte. Der Motor lief nach dem Ausschalten noch Sekunden weiter und verabschiedete sich mit einem mächtigen Knall. Eine blaue Abgaswolke ließ Blaine husten.

Er ging zur Straße. Auf der Fahrerseite stieg eine Frau aus – Annie. Rote Locken, Sommersprossen und mit ihrer Figur die Fleisch gewordene Sehnsucht eines jeden Malers. Heute trug sie ein offenes Hemd und Jeans. Sie schien nicht verwundert, Blaine zu sehen.

„Hi. Ich will meine Nähmaschine holen. Und noch ein paar andere Sachen."

„Wie geht's dir? Du hast mir gefehlt."

„Du mir auch."

„Warum kommst du dann nicht zurück und machst das verdammte Haus sauber? Es hat es echt nötig."

Annies Lächeln schwand. Zornig erhob sie die geballte Faust.

„Geh mir aus dem Weg oder ich verpass dir ein Veilchen. Engagier eine Putzfrau, wenn du es sauber haben willst."

„Entschuldige, Annie. Ich hab mich blöd ausgedrückt. Ich vermisse dich als Mensch."

„Ach ja? Und wer bitteschön ist das Weib, das uns da aus dem Fenster anglotzt?

Ich hoffe, deine Anwältin, die mit dir die Scheidung vorbereitet."

Blaine wandte sich um. Sam winkte ihm zu.

„Sie ist eine Klientin", sagte Blaine zu Annie. „Sie muss sich eine Weile verstecken. Ihr Vater will sie mit einem Kerl verheiraten, den sie nicht liebt."

„Witzig, genau dasselbe ist mir auch passiert."

Blaine trat einen Schritt zurück, als hätte sie ihm wirklich eine verpasst.

„Das meinst du nicht ernst, Annie. Du liebst mich, das weißt du genau. Nur kannst du mich im Moment nicht ganz leiden. Das ist was ganz anderes."

„Ich weiß, ich weiß, ich weiß." Annies Ton wurde schriller und sie echauffierte sich. „Aber ich kann damit im Moment nicht umgehen. Wir müssen und bald treffen und reden."

„Wann?"

„Was wann?"

„Wann treffen wir uns und reden?"

„Nächste Woche oder nächsten Monat? Vielleicht auch erst nächstes Jahr?"

Blaine starrte sie mit offenem Mund an. „Ich habe jetzt einen Termin, Annie, aber ich rufe dich an und wir verabreden und zum Dinner. In einem schönen, ruhigen und romantischen Ambiente oder Lokal."

„Schön und ruhig reicht. Vergiss die Romantik."

„Schmilzt du eigentlich immer noch dahin, wenn ich dich küsse?"

Annie wich ihm aus und ging aufs Haus zu. „Glaub bloß nicht, dass du das aus probieren kannst. Eher friert die Hölle zu, als du mich küssen darfst."

Blaine sah ihr grinsend hinterdrein. Aber das Grinsen verging ihm; Annies Wagen versperrte die Einfahrt. Er zuckte Achseln und ging ihr hinterher, um sie zurückzuholen.

11. Kapitel

Vor dem pilzförmigen Carey-Building stellte Blaine sich ins absolute Halteverbot. Er platzierte sein „Arzt im Dienst"-Schild hinter die Windschutzscheibe und betrat pfeifend das Gebäude. Am Empfang saß die gelackte Schönheit vom Vormittag immer noch. Blaine nickte ihr zu und ging zur Treppe hinüber.

Ihre Stimme traf ihn wie ein Dartpfeil.

„Wo wollen Sie denn hin?"

Er wandte sich um.

„Ich habe eine wichtige Information für Mr. Carey."

„In welcher Angelegenheit?"

„In der Angelegenheit seiner Tochter, die ich aufstöbern soll."

„Und?"

„Was und?"

„Haben Sie sie aufgestöbert?"

„Das geht nur dem Boss was an. Leiht er Ihnen sein Ohr?"

„Leiht er mir was?"

„Erzählt er Ihnen seine Geheimnisse?"

„Natürlich nicht."

„Dann tu ich es auch nicht."

Mit einer knappen Kopfbewegung ging Blaine zur Treppe, während die Lady ihm mit abwesender Miene hinterherstarrte, als löse sie ihn gerade ein schwieriges Problem. Sie beobachtete ihn ganz genau was er auch tat.

Blaine klopfte an Careys Tür und betrat das Büro. Vor dem Schreibtisch stand ein großer Kerl mit bunt gespraytem Hinterkopf. Doch sein Gesicht sah kaum anders aus, bemerkte Blaine, als der Mann sich umwandte.

„Ich schaffe es einfach nicht, im Trend zu bleiben", sagte Blaine. „Erst waren Ohrringe angesagt, dann Nasenringe und jetzt das. Sind sie überall gesprayt oder nur am Kopf?"

Der Typ runzelte die Stirn und schaute Carey an, der hinter seinem Schreibtisch thronte.

„Das ist der Kerl, dem wir zum Lagerhaus gefolgt sind. Was macht der hier, Boss?"

„Weiß ich nicht." Carey betrachtete Blaine. „Was wollen Sie hier? Haben Sie meine Tochter zurückgebracht?"

„Das hätte ich, wenn der dieser Sepp und seine Kumpels nicht reingeplatzt wären. Warum haben Sie mir die auf den Hals gehetzt? Ich bin ein großer Junge und muss nicht mehr an der Hand gehalten werden."

„Ich werde mehr tun, als Händchen halten", sagte der Paradiesvogel. „Ich reiß es ab und stopfe es dir in den fetten Arsch."

„Das reicht Alfred", mischte sich Carey ein. „Hören wir, was er zu sagen hat, bevor wir auf ihm herumtrampeln."

Blaine lächelte Alfred zu und ließ sich auf einen Stuhl neben dem Schreibtisch nieder. Er zündete sich eine Zigarette an, schlug die Beine übereinander, lehnte sich zurück und blies den Rauch zur Zimmerdecke.

„Mr. Carey sieht es nicht gern, wenn in seinem Büro geraucht wird", sagte Alfred.

„Pech gehabt." Blaine schnippte Asche auf den Teppich und verrieb sie mit den Fuß. „Ist gut für den Flor."

„Sie haben genau zehn Sekunden, um auszupacken", Careys Stimme klang gepresst, „und ich erwarte Ergebnisse. Sonst lasse ich Alfred auf Sie los."

„Ist er bissig?"

„Das können Sie wohl glauben."

„Also gut, es geht los . . ."

12. Kapitel

Ich hatte Ihre Tochter gefunden und unterhielt mich gerade sehr angeregt mit ihr, als Ihre Gorillas aufkreuzten und alles kaputtmachten.

„Alfred hat mir erzählt, dass Sie mit Sam gesegelt sind."

„Gerudert, nicht gesegelt."

„Was auch immer."

„Sie hat mir eine interessante Geschichte erzählt. Dass Sie sie mit so einem Armleuchter verheiraten wollen, um Ihr Geschäft zu retten."

„Glatt gelogen. Das Geschäft geht glänzend."

„Da glaube ich doch eher Sam."

„Glauben Sie, was Sie wollen." Carey beugte sich vor. „Wo ist sie jetzt? Haben Sie sie irgendwo versteckt?"

„Nein. Sie ist abgehauen, als wir an Land gingen."

„Wenn dem so ist, warum suchen Sie nicht nach ihr? Sie arbeiten immer noch für mich."

„Tue ich nicht. Mein Auftrag war beendet, als Sie mir Ihre Schlägertruppe auf den Hals geschickt haben."

„Sie haben mein Geld akzeptiert."

„Das hab ich der Eisprinzessin im Foyer zurückgegeben."

„Was wollen Sie dann noch hier?"

„Vernünftig mit Ihnen reden - und Sie dazu bringen, sich wie ein normaler Vater zu verhalten, der die Wünsche seiner Tochter respektiert und sie ihr

Leben nach ihrem Gusto leben lässt. Ist das zu viel verlangt für Sie?"

Carey erhob sich und trat hinter dem Schreibtisch hervor. Er war groß gewachsen und schien für sein Alter gut in Form. „Ich könnte Sie fertig machen", sagte er. „Aber für so was habe ich meine Leute. Alfred wird Sie nach draußen bringen. Vielleicht schenkt er Ihnen gar eine Gehhilfe. Kommen Sie mir nicht mehr unter die Augen. Niemals."

Blaine stand auf. Er ließ die Zigarette fallen und trat sie mit dem Fuß aus. Er grinste Carey an.

„Scheint mir das Ende einer wundervollen Freundschaft zu sein. Dabei wollte ich Sie doch zum Angeln verführen. Oder vielleicht zu einer kleinen Runde Golf."

„Ich bin kein Angler und spiele auch nicht Golf."

„Wie wär's mit Alfred?"

Alfred schob sich an Blaine heran und gab ihm einen Stoß.

„Beweg dich, du scheiß Mistkerl. Du nimmst zu viel Platz weg."

Blaine ging zur Tür, Alfred im Gleichschritt neben sich, und drehte sich noch einmal um.

„Carey, lassen Sie Sam in Frieden. Sonst kriegen Sie es mit mir zu tun."

„Große Worte für einen kleinen Mann", zischte Carey verächtlich. „Verpass ihm ein paar Andenken an mich, Alfred. Aber lass seine hässliche Visage heil. Es soll niemand das Haus mit zerschlagener Fresse verlassen. Ist sehr schlecht für Geschäft."

Alfred eskortierte Blaine ins Erdgeschoss und dann in den Keller. Dort gesellten sich zwei kräftige Typen zu ihnen, die Blaine festhielten, während Alfred ihm gezielte Schläge in die Rippen versetzte. Als sie ihn durch die Haustür auf die Straße schubsten, fühlte er sich wie nach einem Zehn-Runden-Kampf mit Mike Tyson.

13. Kapitel

Blaine schleppte sich zum Hauptportal des Carey-Building. Jetzt einen Ziegelstein in eines der großen Fenster schleudern . . . Aber dann schüttelte er den Kopf: „Es gibt noch andere Möglichkeiten."

Mit schmerzverzerrtem Gesicht zwängte Blaine sich ins Auto. Bestimmt war eine Rippe gebrochen, wenn nicht gar mehrere. Er fuhr am Kai entlang, kreuzte die Amiens Street und erreichte schließlich den North Strand, wo in einem der hohen alten Häuser auf der linken Straßenseite sein Freund Leo Quinn wohnte. Blaine fand auf Anhieb einen Parkplatz.

Das Aussteigen war noch qualvoller als das Einsteigen. Gebeugt wie ein Tattergreis kroch er übers Pflaster. Leo wohnte im Souterrain. Blaine klopfte, wartete und trat gegen die Tür. Lauschte, das Ohr an das Türblatt gepresst. Schlurfende Schritte nahten. Zu dieser vorgerückten Stunde hatte Leo wahrscheinlich schon mit dem Trinken begonnen. Leo war Alkoholiker mit abgeschlossenem Medizinstudium. Ihm fehlte zwar die Approbation, doch er wusste mehr über Medizin als so mancher Fachmann im Doktortitel. Er praktizierte in seiner Wohnung und behandelte Menschen, die aus dem einen oder anderen Grund nicht zum niedergelassenen Arzt gehen wollten. Leos Praxis florierte.

Quietschend ging die Tür auf und Leo blinzelte in die Abendsonne. Ein Schlaumeier hatte mal gesagt, Leo sei so dünn, dass man die Zeitung noch lesen könne, auch wenn er davor stünde. Seinen schmalen Kopf zierten dünne, sandgelbe Haare, blassblaue Augen und eine feuerrote Nase.

„Guten Abend, Dr. Spock", sagte Blaine. „Ich brauche einen Verband – hab Probleme mit den Rippen."

„Oho." Leos Fahne war nicht von schlechten Eltern.

„Puff der Zauberdrache. Wenn ich ein Streichholz anzünde, bist du ein Flammenwerfer."

Leo schnupperte, drehte sich um und schlurfte von dannen, mit Blaine im Schlepptau, der vorsichtig durchatmete. Sie betraten Leos Sprechzimmer, das, anders als sein Besitzer picobello wirkte.

„Leg dich auf den Untersuchungstisch", nuschelte Leo.

„Schaff ich nicht; tut zu weh."

„Was hast du angestellt?"

„Ein Arschloch namens Alfred hat mich verprügelt."

„Woher weißt du seinen Namen?"

„Hat er mir gesagt."

Leo pfiff durch die Zähne.

„Ein sprechendes Arschloch. Jetzt weiß ich alles."

Leo holte aus einem Glasschrank einen Verband.

„Ziehe das Jackett und Hemd aus."

„Die Weste auch?"

„Was? Weste?"

„Im Sommer trägst du eine Weste?"

„Gehe nie ohne eine Weste, pflegte meine Mutter zu sagen."

„Kluge Frau."

Die blauschwarzen Flecken auf Blaines Brustkorb entlockten Leo erneut einen anerkennenden Pfiff.

„Böse, böse." Vorsichtig strich er mit einem nikotingelben Finger über Blaines Haut.

„Vorsicht, Leo. Ich glaube, das ist was gebrochen."

Leo nickte. „Ich kann dir nur einen festen Verband machen. Aber du solltest dich röntgen lassen. Und auf keinen Fall niesen oder gähnen."

„Warum nicht?"

„Wenn sich ein Splitter aus der gebrochenen Rippe in dein Herz bohrt, bist du tot."

14. Kapitel

Jesus, stöhnte Blaine, als Leo fertig war, „ich krieg keine Luft."

„Du wirst dich daran gewöhnen. Benutz Ohren, Nase und Arsch. Auf jeden Fall macht es eine gute Figur. Denk einfach, du trägst ein Korsett."

„Ich hab ein Gefühl, als hätte Hulk Hogan mich totgequetscht."

„Hör mal, ich vergeude hier wertvolle Alkoholminuten. Das macht ein Zwanziger."

„Schreibe es auf die Rechnung."

Leo ging grummeln raus, während Blaine knarrend wie der Tin Man aus dem „Zauberer von Oz" im Sprechzimmer herumstapfte; schließlich hatte er den Dreh raus. Von Leos Münztelefon aus rief er bei sich zu Hause in der Cabra Road an. Nach dem vierten Klingeln wurde abgehoben, Annie war dran.

„Hallo?"

„E.T. ruft den Heimatplaneten."

„Blaine, bist du es?"

„Ich bin es, in der Tat. Du bist noch da?"

„Offensichtlich bin ich noch da. Was willst du?"

„Mit Sam Carey sprechen. Du hast sie doch nicht verscheucht?"

„Ganz im Gegenteil. Wir sind beim dritten Glas Gin und Tonic."

„Ihr trinkt meinen Gin?" rief Blaine. „Und dein Tonic. Und unterhalten uns aufs angenehme über die Männer in unserem Leben, du in meinem, Sams Vater in ihrem Leben. Was Frauen so halt machen."

„Vergleich mich nicht mit ihrem Vater!"

„Was ist mit deiner Stimme? Du klingst wie ein Streifenhörnchen."

„Das liegt am Korsett."

„Ich habe es schon immer geahnt: Mit dir stimmt was nicht."

„Es handelt sich um ein medizinisches Korsett. Sams Vater hat seine Schläger auf mich gehetzt."

„Wie schön für sie. Ich hätte gerne zugeguckt."

„Es tut sau weh."

„Mein armer Kleiner."

„Du lachst mich aus."

„Ich hole Sam. Ihr wird das Lachen auch gut tun."

Erschöpft lehnte Blaine sich an die Wand, von Selbstleid überwältigt. Er brauchte ganz dringend eine Portion liebevolle Zuwendung.

Aus Sams Stimme klang Mitgefühl: „Annie sagt, diese Schweine haben Sie zusammengeschlagen."

„Es waren mindestens fünf. Aber ich habe mich wacker gehalten."

„Gut, gut."

„Ich brauche die Adresse Ihrer Mutter, Sam. Ich glaube ich sollte mal mit ihr reden."

„Warum?"

„Ich habe da so eine Idee. Und ich möchte gern wissen, was sie über ihren Ex-Ehemann denkt."

„Dann sollten Sie sich Ohrstöpsel einpacken. Als ich das letzte Mal gesehen habe, sagte sie, er sei der Teufel höchst persönlich und frisch aus der Hölle."

„Und wo wohnt sie?"

„In Howth. Freemantle Hill 15. Wissen Sie, wo das ist?"

„Ich werde es schon finden."

„Sie ist eine alte Krähe."

„ . . . die mich zerhacken wird?"

„Nein, nicht zerhacken. Sie ist nur ganz tüchtig im Regenschirmeinsatz."

„Warten Sie bei mir zu Hause, bis ich wieder anrufe, Sam?"

„Solange der Gin reicht."

15. Kapitel

Die Sonne stand schon tief am milchig blauen Himmel. Blaine steuerte langsam durch den abendlichen Berufsverkehr. Jeder Atemzug fühlte sich an wie ein Messerstich zwischen die Rippen.

Am Sutton Cross bog er die Straße ein, die sich nach Howth hinaufschlängelte. Blaine suchte einen Parkplatz, stieg aus und lehnte sich ans Auto. Im Hitzedunst über der Bay verschwanden die Konturen der Stadt. Tief unter ihm trieb ein Fischerboot. Aus der Ferne sah es aus wie ein Spielzeug.

Blaine steckte sich eine Zigarette an, aber beim ersten Zug war ihm, als inhalierte er über Glassplitter. Er stöhnte auf. Eine Frau mit Hund blieb stehen und starrte ihn an.

„Ich habe ein gebrochenes Herz, Madam. Meine Frau hat mich verlassen."

„Wegen eines anderen?"

„Nein, wegen einer Frau. Das ist der ganze Ärger heutzutage."

Die Frau zerrte die Hundeleine und machte sich hastig davon. In sicherer Distanz blieb sie erneut stehen und schaute zurück. Blaine winkte.

Er versuchte noch zwei Züge und warf die Zigarette fort. Ein Jogger keuchte den Hügel herauf. Blaine fragte ihn, ob er wisse, wo die Freemantle Hill sei.

„Das weiß ich."

„Können Sie mir sagen, wie ich da hinkomme?"

„Könnte ich."

Blaine wartete. Der Mann lief trippelnd auf der Stelle. Er war eher klein gewachsen, mit krausem Haar und einem Charlie-Chaplin-Schnurrbart.

„Ich würde allerdings gern noch heute hinkommen", sagte Blaine. „Nicht er nächste Woche."

„Klar doch. Den Berg wieder runter, dann die Erste links und wieder die erste links. Das ist die Freemantle Hill. Zu wem wollen Sie da?"

„Zu Gay Byrne."

„Da sind Sie falsch. Er wohnt drüben am Baily Lighthouse."

„Nicht der Gay Byrne. Ich will zu einem anderen. Gibt wahrscheinlich Tausende."

„Klar doch. Dann noch einen schönen Tag. Na ja, einen schönen Tagesrest."

Der Jogger rannte stampfend den Hügel hinunter. Blaine beneidete ihn um seine Bewegungsfreiheit. Er stieg ins Auto und fuhr in der angegebenen Richtung. Die Freemantle Hill war beiderseits mit hübschen Häusern bebaut. Es roch hier nach Geld.

Nummer 15, ein Bungalow, befand sich etwa in der Mitte. Rote Dachziegel, weiße Wände. Großer Garten mit Sträuchern, Blumen und Statuen - Männlein wie Weiblein, letztere eher unbekleidet.

Blaine parkte in der kiesbestreuten Einfahrt, bewegte sich steif zur Haustür und läutete. Die Klingel machte tüchtig Krach, aber niemand öffnete.

Er klingelte wieder und wieder, ohne jeglichen Erfolg.

Neugierig ging er um das Haus herum und erblickte einen leeren Swimmingpool mit blau gestrichenem Boden. Im grellen Sonnenlicht glänzte ein Liegestuhl. Eine ältere Frau saß darin und sie wirkte, die Augen halb geschlossen, der Kopf zur Seite gekippt, auf den ersten Blick wie tot. Doch als Blaine näher trat, schoss sie in die Höhe.

„Wer sind Sie denn, zum Teufel?"

Ihre Stimme klang rau.

„Gehören Sie zu Careys Schlägertruppe? Sollen Sie mich fertig machen?"

16. Kapitel

Über Carey möchte ich allerdings mit Ihnen reden. Sie sind doch Mrs. Carey?

„Sprechen Sie den Namen nicht aus. Ich führe wieder meinen Mädchenname, Murphy. Wenn Sie kein Freund von meinem Ex sind, dürfen Sie mich Mabel nennen."

Blaine trat aus der Sonne und betrachtete Mabel Murphy. Sam hatte gesagt, ihre Mutter hätte ein Alkoholproblem. Dafür sah sie verdammt gut aus. Gut gestylte Frisur, geschicktes Make-up, schlanke Figur. Sie trug Shorts und eine bunte Seidenbluse. Auf dem Gartentisch stand ein Eiskühler mit einer Flasche Weißwein. Außerdem lagen da Zigaretten, ein sehr edles Feuerzeug und Patricias Scanlans neuer Roman.

„Was wollen Sie also?", fragte Mrs. Carey. „Sie haben zwei Minuten, Ihren Spruch aufzusagen, und dann verschwinden Sie."

„Ich heiße John Blaine, bin Privatdetektiv und komme gerade von Ihrer Tochter Sam."

„Sie meinen Assumpta?"

„Ja, Assumpta. Ich weiß nicht, ob Ihnen bekannt ist, dass Ihr Ex-Ehemann sie mit einer extrem unpassenden Person verheiraten will."

„Was meinen Sie mit unpassend?"

„Erstens, Sam liebt ihn nicht."

„Liebe ist für die Katz."

„In Ihren Augen vielleicht, aber nicht für Sam."

„Ja, ich habe Pech gehabt. Zwei Ehemänner und beide voll beschissen."

„War da nicht noch jemand?"

Mabel Murphy drehte sich ein wenig und hielt die Hand an die Augen, um Blaine genauer zu betrachten.

„Sie haben wirklich mit einer Tochter gesprochen. Nur Assumpta kann Ihnen von George Emerson erzählt haben."

„Der Ex-Vorarbeiter von Ihrem Ex-Mann."

„Der einzige anständige Typ, mit dem ich je was hatte."

„Er starb durch einen Unfall?"

„Genau."

„So wie Ihr erster Ehemann?"

„Fast auf dieselbe Art und Weise."

„Durch einen Sturz in einen Zementmischer?"

„Ja."

„Hat man nachgeholfen?"

Mabel Murphy sah Blaine erstaunt und aufmerksam an.

„Es gab keine Beweise."

„Aber Sie glauben, dass beide reingeschubst wurden?"

„Ich weiß es definitiv."

„Haben Sie einen Beweis?"

„Schon möglich. Und wenn dem so wäre, warum sollte ich Ihnen was erzählen?"

„Um Ihrer Tochter zu helfen. Um sie ein für alle Mal von ihrem Vater zu befreien."

Mabel Murphy stand auf, warf einen Blick zum Haus und schaute wieder zu Blaine.

„Es ist fast Zeit fürs Abendbrot. Kommen Sie mit rein und essen Sie was mit mir. Wir reden dann weiter. Vielleicht verrate ich Ihnen das eine oder andere."

„Etwas, was Ihrer Tochter helfen könnte."

„Warten wir es ab."

17. Kapitel

Das Speisezimmer war sehr geschmackvoll eingerichtet. Eine verdrossen dreinschauende Frau in Mabels Alter servierte ihnen die Suppe.

„Das ist Breda, meine Gesellschafterin und Haushälterin", erklärte Mabel, als die Frau hinausgegangen war. „Lohnt sich nicht, mit ihr zu reden. Sie hasst alles und jeden und ganz besonders mich."

„Warum behalten Sie sie dann?"

„Gute Dienstboten sind schwer zu finden."

Blaine probierte die Suppe. Sie war köstlich.

„Sie bewegen sich so vorsichtig", sagte Mabel. „Ist was kaputt?"

Blaine erzählte ihr, wie von Mr. Carey, die Typen ihn zusammengeschlagen hatten. Sie äußerte Mitgefühl, schien aber keineswegs überrascht. Breda kam herein und räumte die leeren Suppenteller ab.

„Schauen Sie sich doch nur an, Blaine. Sie macht ein Gesicht - davon wird doch die Milch sauer."

„Ich glaube, das hat sie gehört", flüsterte Blaine.

„Natürlich hat sie das gehört. Und sie hasst mich deswegen noch ein bisschen mehr. Es ist gut zu wissen, woran man mit den Leuten ist."

Blaine verzog das Gesicht, aber bevor er etwas sagen konnte, kam die grimmige Breda wieder herein und servierte den Hauptgang. Lammkoteletts, englische Erbsen und Stampfkartoffeln.

„Ein schlichtes, aber gutes Gericht", sagte Mabel.

„Langen Sie zu, solange noch was da ist", fügte sie noch hinzu.

Blaine gab sich Mühe, aber die schmerzenden Rippen zwangen ihn bald zum Aufgeben.

„Darf ich rauchen?" Mabel nickte und Blaine zündete sich eine Zigarette an. Er goss sich von den gekühlten Weißwein nach, der seinen Magen besänftigte.

„Noch mal zu unserem Gespräch von vorhin", sagte er. „Sie erwähnten, dass Sie einen Beweis dafür hätten, dass Ihr erster Mann, McMullen, und Careys Vorabeiter George Emerson ermordet wurden."

„Habe ich das gesagt?"

„Ich denke, ja."

„Nun, vielleicht ja, vielleicht auch nicht."

„Hören Sie auf mit den Mätzchen, Mabel. Es geht um das Glück Ihrer Tochter."

„Sie besucht mich verdammt selten."

„Was nicht heißen muss, dass sie ihre Mutter nicht liebt."

„Da könnten Sie Recht haben."

Mabel häufte Kartoffelbrei auf die Gabel und betrachtete ihn sinnend. „Haben Sie sich schon mal gefragt, warum ich es mir leisten kann, in einem so großen Haus im feinen Howth zu wohnen. Mit all den ganzen Extras?"

„Bezahlt von Ihrem Ex-Mann?"

„Genau."

„Das Problem besteht allerdings darin, ihm das Geld zu entreiße. Das ist, als wollte man Wasser in Wein verwandeln."

„Aber Sie haben einen Weg gefunden."

Mabel schob die Gabel in den Mund und kaute langsam. „Gießen Sie mir ein Glas Wein ein."

Blaine tat, wie geheißen. Unter tapferer Missachtung seiner schmerzenden Rippen reichte er ihr das Glas quer über den Tisch.

„An dem Tag, als McMullen starb, machte George Emerson Aufnahmen für einen Werbespot der Firma. Er filmte die Baustelle, das halb fertige Gebäude und so was. Und dann sah er sich das Band an. Was meinen Sie, was er da entdeckte?"

„Vielleicht sah er, wie jemand, der Carey ähnelte, etwas tat, das er eigentlich nicht tun sollte?"

„Exakt. Er sah, wie dieser Kerl den armen alten Willie McMullen in den Zementmischer verfrachtete. Im hellen Tageslicht."

„Carey legte selbst Hand an?"

„Damals hatte er noch nicht die Typen, die er heute hat."

18. Kapitel

Die Rippen stachen, aber Blaine lachte beglückt.

„Dann hat Emerson Ihnen das Videoband gegeben?"

„Ihm war bewusst, dass er in Gefahr schwebte. Nur zu Recht, wie sich zeigte."

„Warum sind Sie mit dem Video nicht zur Polizei gegangen?"

„Sollte ich die Gans abmurksen, die die goldenen Eier legte? Willie und George waren tot. Ich konnte sie nicht wieder lebendig machen. Auch wenn Carey verhaftet worden wäre – seine Chancen, ungeschoren davonzukommen, standen gut. Er ist nämlich Experte im Bestechen. Es war viel sinnvoller, ihn da zu treffen, wo es ihm wirklich wehtun würde, in seiner Brieftasche. Ich lasse ihn seit Jahren kräftig bluten."

„Deswegen ist er fast pleite."

„Sieht ganz so aus."

„Darf ich diese Informationen benutzen, um Ihrer Tochter zu helfen?"

„Warum nicht. Ich bin entzückt, wenn Carey sich ärgert."

„Ich muss los", Blaine stand vorsichtig auf. „Wenn ich mich beeile, erwische ich Carey noch im Büro."

„Ich möchte zu gern sein Gesicht sehen, wenn Sie ihm erzählen, dass Sie Bescheid wissen."

„Sie haben das Band hoffentlich gut versteckt, Mabel."

„In Bredas Unterhose. Und da kommt kein Mann ran."

Blaine lachte lauthals.

„Sie veräppeln mich."

„Glauben Sie das wirklich?"

Er schüttelte den Kopf.

„Sie kennen zu lernen war Klasse, Mabel. Vielleicht komme ich eines Tages vorbei und dann süffeln wir uns eins."

„Jederzeit, starker Mann. Klingele vorher kurz durch, damit ich Kriegsbemalung anlegen kann."

Just als Blaine sich zum Gehen wandte, kam Breda mit dem Dessert herein. Er stakste schleunig hinaus, um nicht getroffen zu werden, falls Breda ihm seine Portion nachwerfen sollte.

Er brauste in Rekordgeschwindigkeit zum Carey-Building, doch war die Lady schon am Einpacken.

„Ist Carey noch da?"

„Ich soll Sie auf keinen Fall vorlassen."

„Drücken Sie die Cheftaste und sagen Sie ihm, ich war bei seiner Ex-Frau und weiß über das Video Bescheid."

„Ich habe Ihren Namen vergessen."

„Blaine."

Die Lady murmelte in die Gegensprechanlage und nickte in Richtung Treppe. „Er will Sie sehen."

Blaine schlurfte die Treppe hinauf und durch den langen Korridor zu Careys Büro. Die Tür war offen.

Alfred lehnte gleich daneben an der Wand. Er wirkte gelangweilt.

Sein Boss Mr. Carey stand vor dem imposanten Schreibtisch. Er wirkte beunruhigt.

„Sagen Sie gar nichts", begann Blaine. „Jetzt rede ich. Ich stelle keine Fragen, sondern diktiere Ihnen Bedingungen. Sie werden Ihre Tochter freigeben. Sie darf so leben, wie sie es möchte. Und Sie werden ihr das nötige Geld für ein stilvolles Leben geben. Die Summe machen Sie mit ihr persönlich aus. Wenn Sie den Deal nicht innerhalb einer Woche durchgezogen haben, gehe ich mit meiner Information zur Polizei. Ich weiß übrigens, wo das Video ist, Carey. Sie kommen verdammt gut davon. Von Rechts wegen gehören Sie ins Gefängnis."

19. Kapitel

Carey wurde feuerrot und hustete und prustete, als habe er sich schwer verschluckt. Schließlich keuchte er: „Machen Sie, dass Sie rauskommen. Ich will Ihre widerliche Fresse hier nie wieder sehen."

„Das beruht auf Gegenseitigkeit. Aber vorher bringen wir noch was zu Papier."

Sie klopften den Deal in allen Punkten fest, doch bevor Blaine den Raum verließ, streckte er Alfred die Hand entgegen.

„Nichts für ungut, Alfred."

Verdutzt schaute Alfred von seinem Boss zu Blaine und wieder zum Boss. Schließlich ergriff er die angebotene Hand. Blaine zog ihn blitzschnell zu sich heran und ließ – peng – seine Stirn gegen Alfreds Nase krachen. Ein satt-fleischiges Geräusch war das Ergebnis. Alfred kippte an die Wand zurück und glitt langsam zu Boden. Er hielt die Hand unter die Nase und fing das reichlich strömende Blut auf.

Erschöpft stieg Blaine die Treppe hinab. Seine Stirn schmerzte genauso wie seine Rippen. Aber er fühlte sich dennoch super. Wahrscheinlich, weil er den Job super hingekriegt hatte. Und zur Linderung seiner diversen Wehwehchen hatte er immer noch die 1250 irischen Pfund aus Careys Schatulle.

Er trat an die Luft, suchte eine Telefonzelle und rief zu Hause an. Sam ging dran.

„Ich wollte gerade abhauen."

„Ist der Gin alle?"

„Fast."

„Sie wollen doch nicht zu Arties Wohnung?"

„Nein, ich kann bei einer Freundin in Rathmines übernachten."

„Ich habe gute Nachrichten für Sie. Ihr Vater unterschreibt eine Vereinbarung, dass er sich aus Ihrem Leben raushalten wird. Außerdem bekommen Sie großzügigen Unterhalt."

„Hoppla, wie haben Sie denn das hingekriegt", kreischte Sam beglückt.

„Das ist eine lange Geschichte; aber die hat bis morgen Zeit. Sie haben ja meine Telefonnummer. Rufen Sie mich an und wir treffen uns. Dann erzähle ich Ihnen alles. Sie sollten übrigens Ihre Mutter häufiger besuchen. Damit sie merkt, dass Sie sie lieb haben."

„Klar, mach ich." Sam schmatzte Küsschen am Telefon. „Sie sind ein Schatz. Kann ich mich je revanchieren?"

„Ich habe eine Idee. Aber damit warten wir besser, bis Sie etwas älter sind."

„Ich bin alt genug."

„Selbstredend."

„Und jetzt ist das Leben kein Sad Song mehr, Blaine! Vor allem, weil es so tolle Typen wie Sie gibt."

„Verschwinden Sie, Sam! Gehen Sie nach Rathmines und verschwenden Sie keine Gedanken an

mich. Segeln Sie durchs Leben wie eine sommer-
sonnige Schwalbe."

„Dann bis morgen?"

„Ja, ja, meinetwegen."

20. Kapitel

Blaine ließ sein Auto beim Carey-Building stehen und ging zu Fuß zum Clarence-Hotel, wo der Portier ihm ein Taxi rief. Die Warterei überbrückte er in der Bar mit einem doppelten Brandy, der seinen Magen wohlig brennen ließ.

Das Taxi brachte ihn in die Cabra Road. In der Einfahrt stand ihm eine wohl bekannte Rostlaube und im Haus brannte Licht. Blaine schaute zum Himmel, er betrachtete die schwach blinkenden Sterne und die schmale Mondsichel. Der rote Schimmer am Horizont versprach gutes Wetter für den kommenden Tag.

Als er die Haustür aufschloss, stand Annie im Flur, Staubsaugerdüse wie ein Revolver gezückt. Sie trug Gummistiefel und eine Schürze mit dem Aufdruck: „Mir ist alles scheißegal!"

„Ich mag dein Outfit", sagte Blaine.

„Was eine Putzfrau halt trägt. So siehst du mich doch, stimmt's?"

„Ich habe viele Bilder von dir; das ist nur eins davon."

„Herzlichen Dank."

„Du bist das Licht in der dunklen Nacht meines Lebens."

„Aha, mit Schmeicheleien kommt man immer ans Ziel."

„Ich liebe dich."

„Und ich liebe dich."

„Aber?"

„Es ist nicht gerade einfach, mit dir zusammenzuleben."

„Wir haben alle unsere Fehler."

Annie ließ den Staubsauger los und lehnte sich an die Wand. Auf ihrer Oberlippe glitzerten ganz feine Schweißtropfen, die Blaine gern mit der Zunge abgetupft hätte.

„Wir könnten es noch einmal versuchen, Annie. Ich kann mich ändern und du kannst es auch. Vergeben und vergessen."

„Vergeben vielleicht, vergessen ist schwierig."

„Ach, Annie, lass uns den Moment beim Schopfe packen und den Sprungfedern ein Liebeslied entlocken."

„Und dann?"

„Dann nehmen wir jeden Tag, wie er kommt."

„Du glaubst, das funktioniert?"

„Wir können es wenigstens versuchen."

Annie lachte und schmiegte sich in Blaines Arme.

„Vorsicht, meine Rippen", sagte er warnend.

„Meinst du, sie könnten deine Leistung schmälern?" Annie schaute ihn besorgt an.

„Du führst und ich folge."

Sie waren halb die Treppe hinauf, als Blaine plötzlich stehen blieb.

„Eine Frage."

„Was?"

„Besteht die Chance, dass du die Gummistiefel anbehältst?"

„Hey, du bist ja echt durchgeknallt!"

Blaine schaute Annie in die Augen und meinte dann nur „Es war ein Witz, fühle dich wohl, wie du es magst."

Annie und Blaine genossen den ganzen Abend und die ganze Nacht ihren gemeinsamen Neuanfang und vergaßen das was passiert ist.

Blaine fühlte wie sein Herz sich glücklich anfühlte. Und sagte zu Annie „Schatz, ich liebe dich."